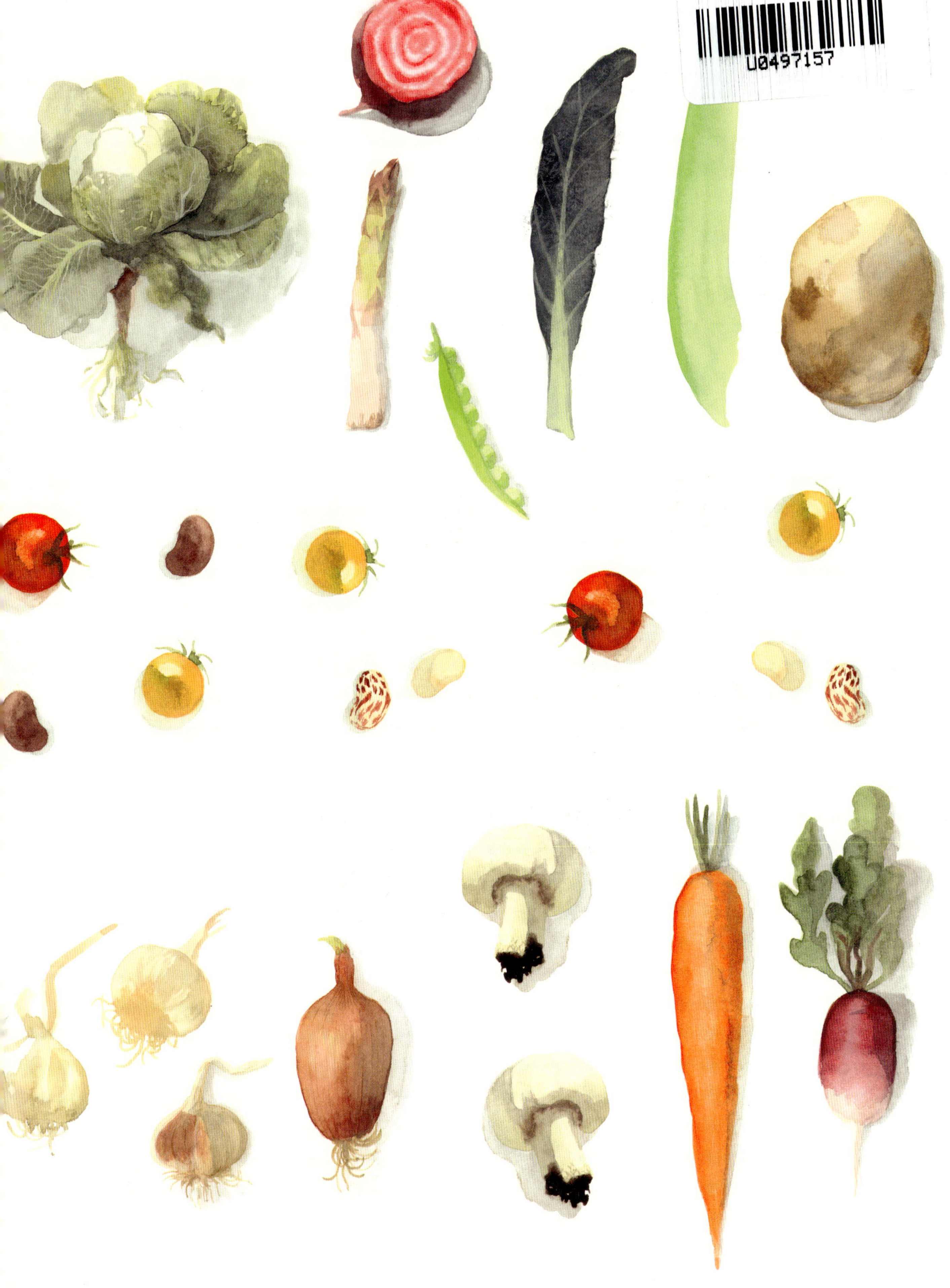

致伟大的派，以及我们曾经的数次远足之旅。——乔瓦娜·佐博利

致毛里齐奥、奥兰多和最棒的大厨。——玛丽娅基娅拉·迪·乔治

兔子先生的汤

［意］乔瓦娜·佐博利◎著
［意］玛丽娅基娅拉·迪·乔治◎绘
孙雨濛◎译

柳泉先生是一只帅气的野兔，有着光亮顺滑的皮毛和长长的耳朵。他在森林里自由自在地生活，春天在月光下蹦蹦跳跳，冬天全身变得雪白雪白，夏天与大地浑然一体，而秋天……到了秋天，大家经常不知他的去向，因为他的毛色就跟落叶堆一模一样。

柳泉先生有个美丽舒适的家，和他许许多多的子孙住在一起。他最爱的食物就是蔬菜。

每天早上，他都会去农夫的菜园里观赏蔬菜。这里有绿色和紫色的包菜、大大小小的胡萝卜、白色和黄色的洋葱、一簇簇绿色的芹菜，有莴苣、甜菜、牛皮菜，有樱桃萝卜、扁萝卜、皱叶甘蓝、芸豆和青豆。

这里还有正在开花的药草、排成一排的大蒜、埋藏地下的马铃薯、金色花朵的西葫芦，以及在墙角粪堆上悄悄生长的大南瓜。

柳泉先生能煮出世界上最好喝的汤。在家族中小兔子们的帮助下，他每年都会在秋分的前一天，用农夫菜园里的蔬菜煮汤。

那场面可热闹了！小兔子们有的搬芸豆，有的拿青豆，有的送扁萝卜，有的运鼠尾草叶；有的负责运洋葱和胡萝卜，还有的专门送皱叶甘蓝和芹菜；有偏好菠菜和甜菜茎这种绿叶菜的，甚至还有敢搬运南瓜的小勇士。

柳泉先生有一口漂亮的汤锅，是从一个以餐具著称的国家海淘来的。那是一口非常大的锅，大到聚餐时可以让家族中的每只小兔子都分到一碗汤。

　　柳泉先生做饭时，不喜欢有人在身边，所以，当他煮汤时，大家都会走开。

他把所有的蔬菜都放进汤锅里，再放入所有的药草（那些味道不好的留在地里没有采，因为可能对健康有害），之后加入适量的水，最后开火。

当汤咕嘟嘟地翻滚起来时，他向锅里撒上一小撮盐，便倒头睡去。

睡着后，柳泉先生梦到自己成了一位名厨，受邀到王宫去烹煮最拿手的蔬菜汤。

他梦到银色的火苗、神奇的汤勺、有魔力的炉具，它们唱着歌就能把马铃薯煮成金黄色。他梦到种植着不知名蔬菜的神秘菜园，这些珍贵的蔬菜可以烹饪出失传已久的美味珍馐。

他梦到传说中的水晶果园,在那里,李子、桃子和苹果的果肉都是透明的,起风时会发出叮叮当当的声音。

他还梦到两艘船:一艘装满了蛋黄酱,另一艘装满了罗勒酱。

等柳泉先生醒来的时候,汤就煮好了。

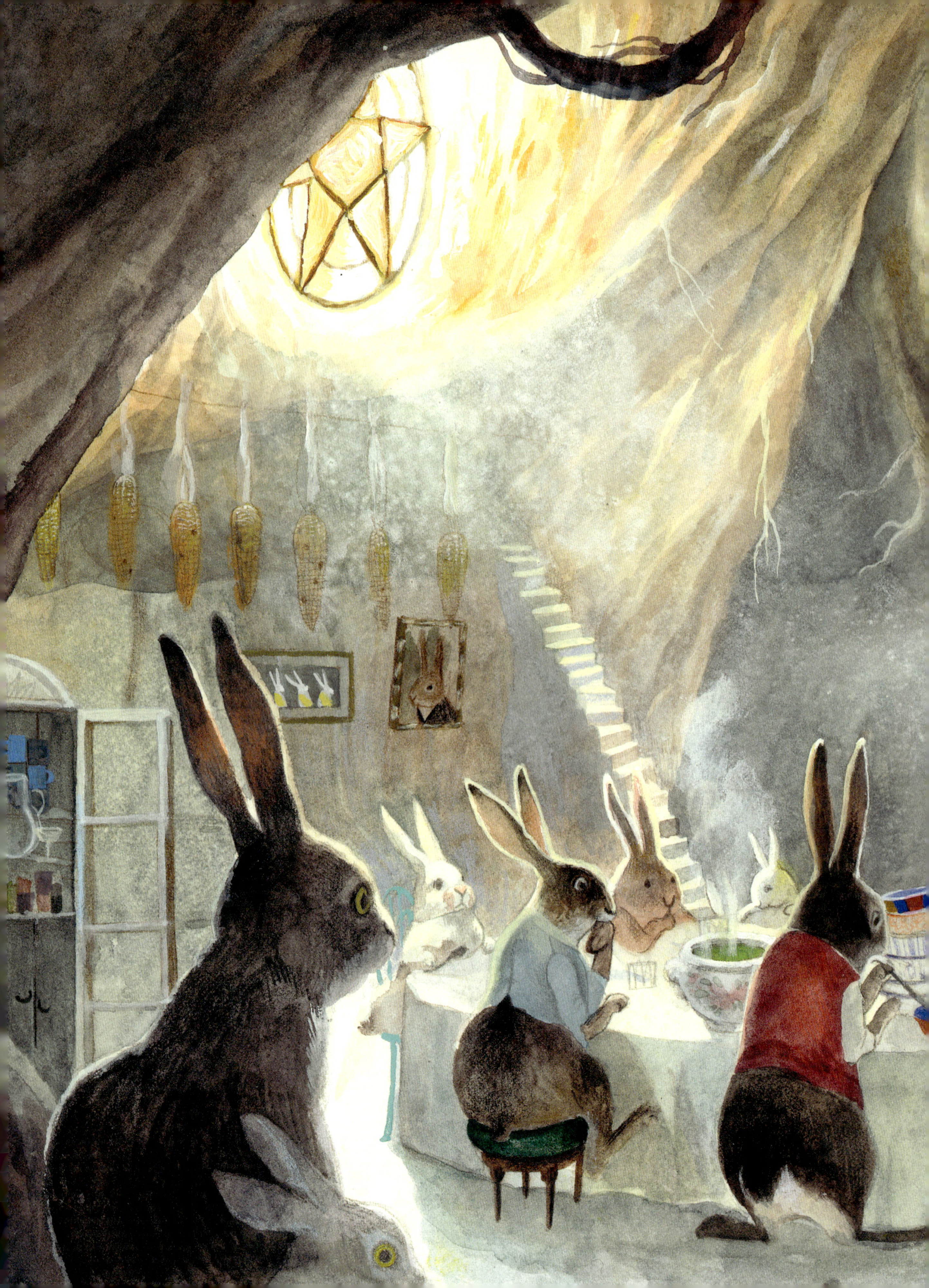

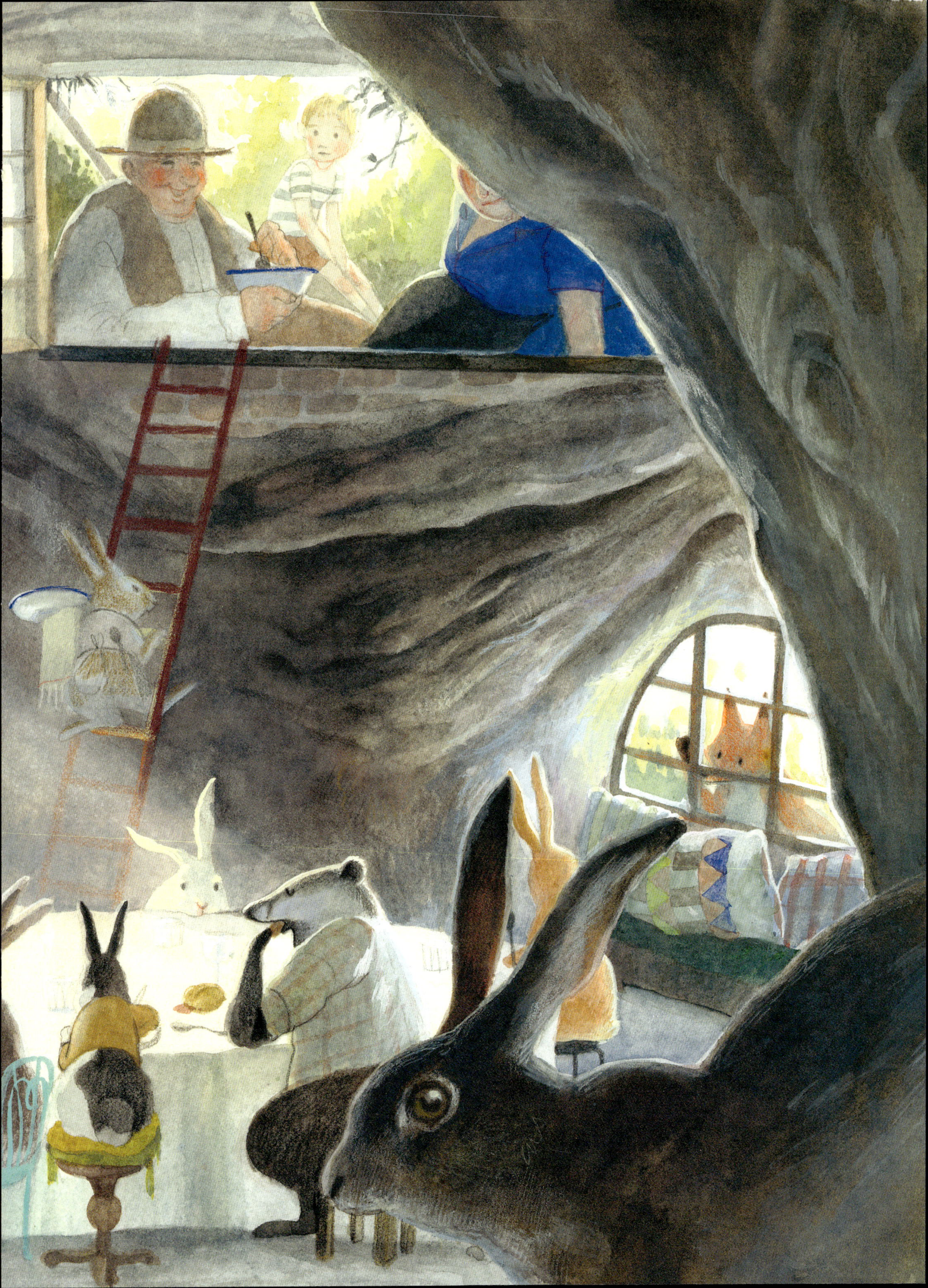

没人知道柳泉先生煮的汤为什么这样好喝。

曾经有农夫溜进柳泉先生家品尝汤的滋味,还试图偷走食谱和菜单,可最后都失败了。无论如何,他们就是煮不出那么好喝的汤来款待亲朋好友。

大家用的同样是菜园里种的那些蔬菜,连用的药草也一模一样(有人跟踪柳泉先生去了野地,看到他究竟采集了哪些野生药草),可是到最后,为什么就是煮不出那个味道呢?

很快,柳泉先生家的汤就声名远播。蜗牛们是最先来品尝的,然后是獾、狐狸、蜘蛛和大绿蚱蜢。

之后,这款美味的汤吸引了一头鹿和农夫家两位年迈的亲戚远道而来;后来,连快递员和面包师傅也加入了品尝的行列。

再后来，来的人越来越多，大家从周边、全国，乃至世界各地闻风而至。

对汤的秘诀尤其感到好奇的，是厨师和美食家。

其实什么秘诀都没有。柳泉先生说,他用的就是人们所能想到的最简单的配方。

和大部分汤料一样,配方只有水、药草、蔬菜和一小撮盐。

不过,虽然柳泉先生这样解释,大家却并不相信。有人甚至恶意揣测:他一定是出于私心,不肯把秘方告诉大家。

于是,有人猜测汤这样好喝是得益于森林里干净的水源,有人觉得是因为当地清新的空气,还有人认为是靠蔬菜生长的肥沃土壤。但农夫们反驳说这些猜测都不对。因为他们试做这款汤时,从内到外,所有的一切都分毫不差:食材是一样的,方法是一样的,空气是一样的,水源也是一样的……

就连柳泉先生家的小兔子们,也不清楚这汤中的奥妙究竟是什么。

后来,谁也没有想到的是:某天早上,森林里突然出现了一家汤工厂。

工厂是一座大砖房,工人们从早到晚在里面煮汤。

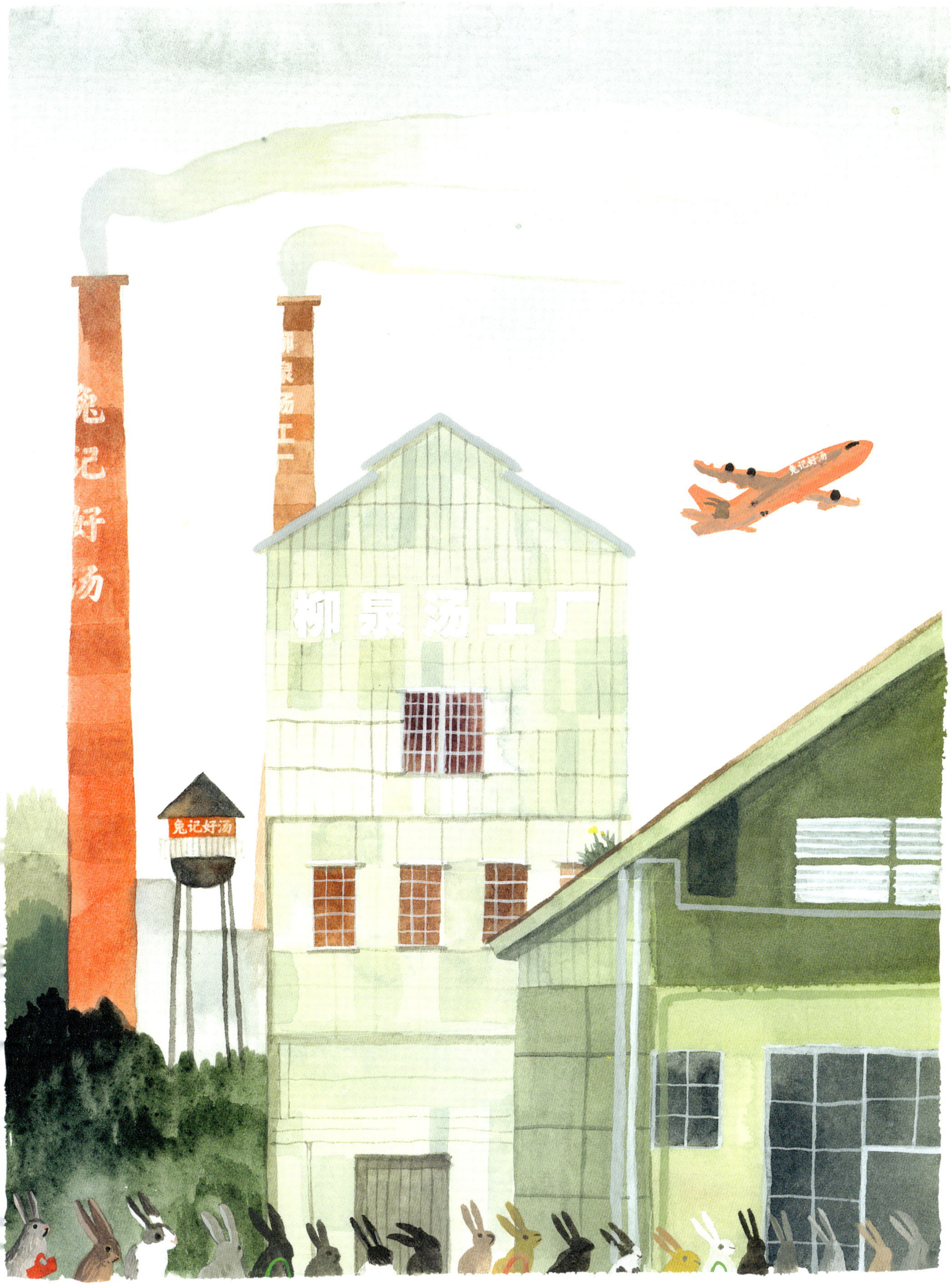
兔记好汤
柳泉汤工厂
柳泉汤工厂
兔记好汤
兔记好汤

汤工厂由柳泉先生亲自担任监工。用量、食材和烹饪时间都由他来把控。柳泉先生还发明了全新的汤锅。

为了能在全球销售，他甚至亲手设计了汤的外包装、标签，以及货车和飞机上用的广告条幅。

很快，各大食品店的货架上摆满了一罐罐由柳泉汤工厂生产的"兔记好汤"：

传统蔬菜汤、野茴香汤、

番茄汤、蘑菇汤、

黑卷心菜汤，

还有外包装是漂亮紫色的甜菜汤。

柳泉

兔记好汤

经典首创
无法复刻

柳泉汤工厂　生产及灌装

所有人都喜欢上了纯正健康又美味可口的"兔记好汤",包括平时不爱喝汤的孩子。

每天晚上，柳泉先生往汤锅里撒完盐之后，就会幸福地入睡，进入梦乡。他梦见国王和王后在心满意足地痛饮了他煮的甜菜汤之后，人也变成了紫色。

他还梦到一匹带翅膀的飞马把他做的汤送到了外太空。
他听到一群神仙在聊天,说他们从没喝过这么好喝的汤。

于是，神仙们决定立刻收拾行李去参观这座特别的汤工厂，并吩咐太阳神驾车先到地球打前站。

第二天，柳泉先生梦到大海都变成了汤，有许多奇怪的鱼在里面游来游去。

又过了一天，他梦到汤从包装罐里溢出来，淹没了树木，形成一大片沼泽。居民们管它叫"蔬菜沼泽"。

所有青蛙都从沼泽里跳出来逃走了,但却来了一群爱喝汤的人。他们整天待在岸边,手里拿着汤勺,其他什么事也不做。

就这样，过了一个月又一个月，每次往锅里撒上一小撮盐之后，柳泉先生还是会照常入睡，但却睡得越来越不安稳：梦到蔬菜不够用了；梦到飞机延误、快递发错——本来应该送到南极洲的茴香汤被运到了西班牙，而实际送去的却是所有南极洲居民都过敏的蘑菇汤。

他还梦到自己的菜园里种植着世界上最好的蔬菜，却不幸全被冰雹砸坏了。他竟然还梦到自己最年幼的孙子们——一群让家族为之骄傲的黑白花小兔子，一不小心掉进了汤锅。多亏了守夜人的帮助，不然他们就全都淹死了！这些小兔子从锅里被拉出来的时候，全身上下脏兮兮的，非常丢脸。

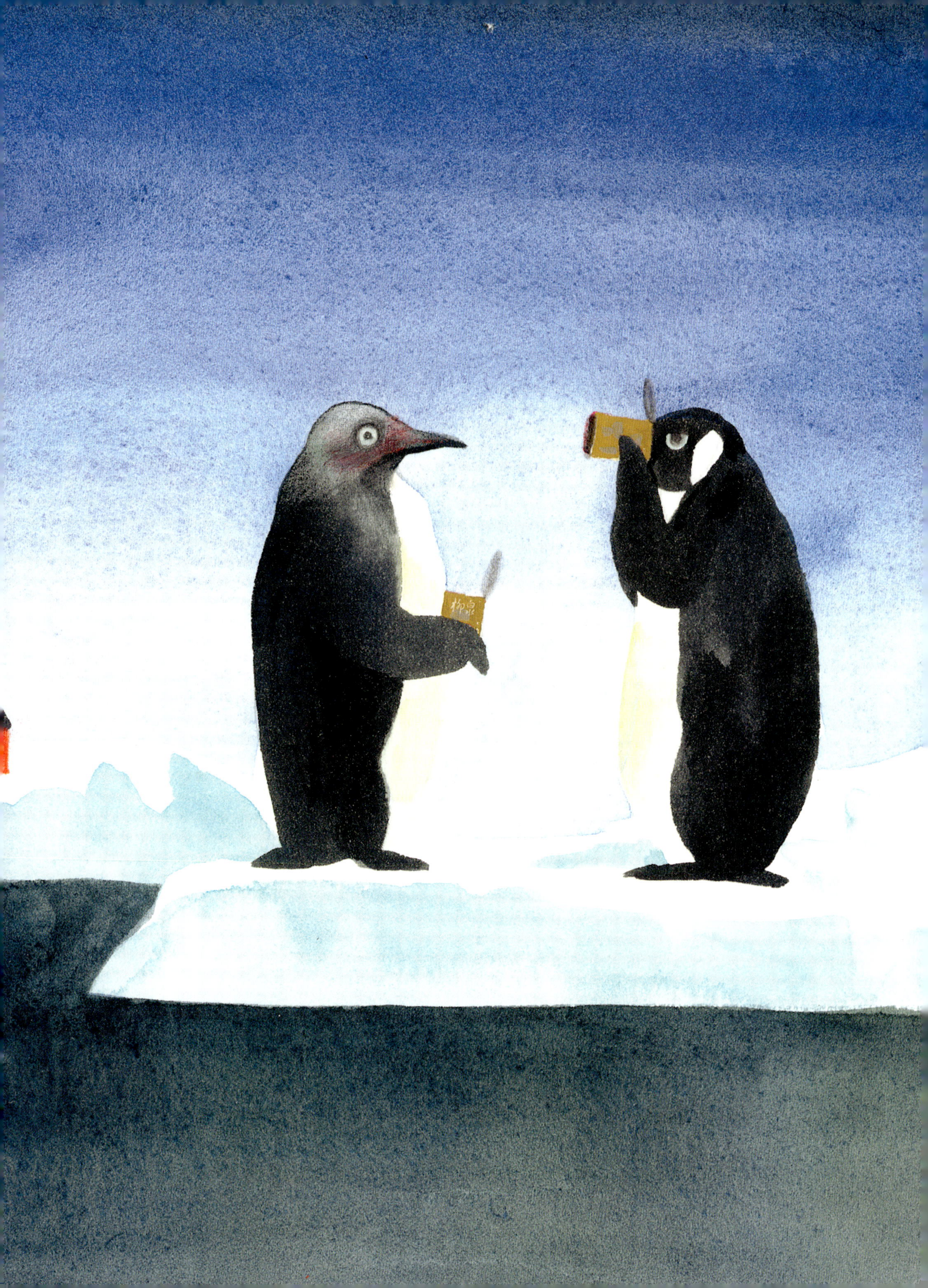

兔记好汤·兔记

　　就这样,柳泉先生的梦境发生了变化。王宫、飞马、水晶果园全都不见了,取而代之的是面目可憎的贪吃鬼。实际上,糟糕的场景已不光出现在梦中,而是延伸到了现实——汤工厂遭到了投诉。

　　一位顾客说:"'兔记好汤'喝起来跟以前感觉不太一样了。"

　　另一位顾客说:"它和其他品牌的汤喝起来也没什么区别,而且价格还更贵。"

汤·兔记好汤·

有三分之一的人声称汤工厂改变了切菜的方式。

还有人说柳泉先生已经另开了一家新工厂，专门使用冻干蔬菜，而非新鲜蔬菜做原料。

这些话大家全都相信，因为他们最喜欢的就是风言风语。

确实，此汤已非彼汤。

确切地说应该是，汤没变，但柳泉先生变了。他不再做梦，就连送错货的梦也没有了。所有的梦都消失了。

他的皮毛变得不再光亮顺滑，耳朵也耷拉了下来。这是因为他每天都得思考要把多少罐汤运到世界各地。

于是，有天早上，在汤锅旁失眠了一整夜后，柳泉先生召集了记者。他宣布：汤工厂即将关闭，"兔记好汤"将在3月21日，也就是春分当日的午夜正式停产。

等到所有冬季存货卖光之后，他也要退休了。

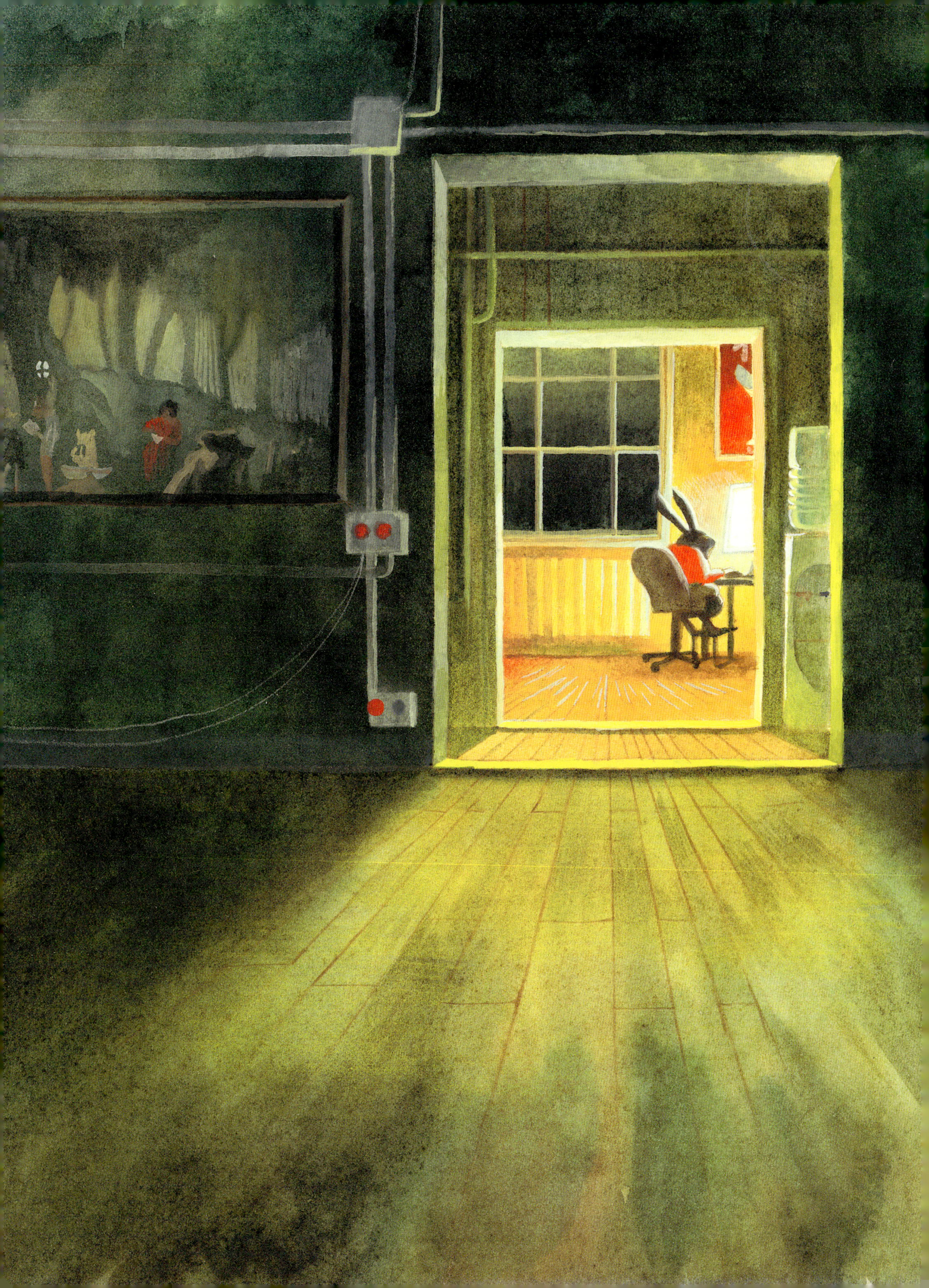

消息立刻传开了。一想到马上就要喝不到"兔记好汤",大家才又突然意识到它的确是世界上最美味的。

于是，食品店又开始疯狂订购"兔记好汤"。有人怀疑这是柳泉先生为了挽救破产危机而实施的极端宣传策略。

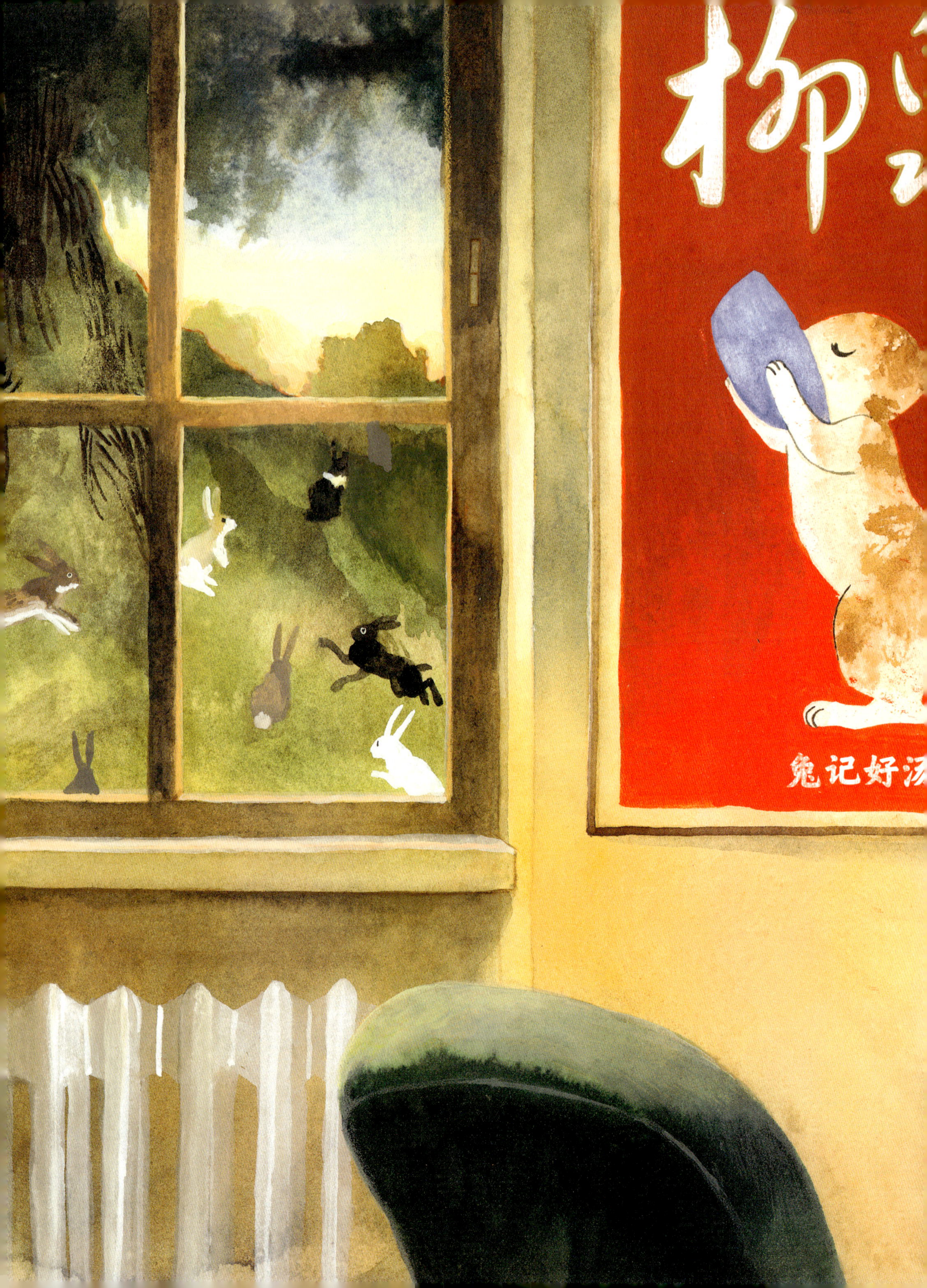
柳
兔记好

汤工厂的电话整天响个不停,却无人接听。实际上,在柳泉先生的决定下,所有在汤工厂做工的兔家族成员都脱下围裙和工作服,重新回到田野里蹦蹦跳跳了。

柳泉先生也和他们在一起。他非常开心,因为他可以和一大群黑白花小兔子一直玩到深夜,而这些小兔子也终于可以和他们的曾曾祖父共享天伦之乐了。

一个夏日的夜晚，沐浴在月光下的柳泉先生终于想明白了他今年唯一想煮的汤是什么。

在秋分的前一天，9月21日，他将在没有人围观的汤锅里放上

最好的蔬菜，然后在甜美的金色梦乡里把汤煮得咕嘟嘟地翻滚。因为只有伴着这样的梦，才能做出最好的汤。

那是一年只能煮出来一次的汤。

图书在版编目 (CIP) 数据

兔子先生的汤 /（意）乔瓦娜·佐博利著；（意）玛丽娅基娅拉·迪·乔治绘；孙雨濛译. -- 乌鲁木齐：新疆青少年出版社，2023.2（2023.4 重印）
　ISBN 978-7-5590-9347-9

Ⅰ.①兔… Ⅱ.①乔… ②玛… ③孙… Ⅲ.①儿童故事－图画故事－意大利－现代 Ⅳ.① I546.85

中国国家版本馆 CIP 数据核字（2023）第 009011 号

版权登记：图字 29-2023-001 号

Original title: "La zuppa Lepron" by Giovanna Zoboli and Mariachiara Di Giorgio
© Topipittori 2022
The simplified Chinese translation rights arranged through Rightol Media（本书中文简体版权经由锐拓传媒旗下小锐取得 Email:copyright@rightol.com）

兔子先生的汤
TUZI XIANSHENG DE TANG

　　　　　　　　　　［意］乔瓦娜·佐博利/著
　　　　　　　　　　［意］玛丽娅基娅拉·迪·乔治/绘　　孙雨濛/译

出版人：徐江　　策划：许国萍　查璇　　责任编辑：贺艳华　　美术编辑：邓志平　查璇
意大利语审校：沃资拓　　法律顾问：王冠华　18699089007

新疆青少年出版社有限公司
（地址：乌鲁木齐市北京北路 29 号　邮编：830012）http://www.qingshao.net
印制：北京博海升彩色印刷有限公司　　经销：全国新华书店
版次：2023 年 2 月第 1 版　　印次：2023 年 4 月第 2 次印刷　　开本：889mm×1194mm　1/16
印数：5 001-10 000 册　　印张：3　　字数：8 千字
书号：ISBN 978-7-5590-9347-9　　定价：48.00 元

制售盗版必究　举报查实奖励：0991-6239216　　版权保护办公室举报电话：0991-6239216
销售热线：010-58235012　010-84853493　　如有印刷装订质量问题　印刷厂负责调换